JN185039

句集

鱗雲

竹内正與

文學の森

序

句集『鱗雲』は、竹内正與《まさよ》さんの第一句集である。平成八年より二十六年まで十九年間（途中一年間の中断あり）の作品三七六句を精選収録。

かつて山口誓子の「天狼」の同門であった島村正主宰の俳誌「宇宙」に私も所属していた御縁で、竹内さんを知るところとなった。「宇宙」誌の雑詠欄「新星集」には平成八年より作品を発表され、当時より会員の中でも非凡な感性に注目していた。

入会後すぐに頭角を現すようになり、僅々の平成十年には第一回「宇宙」新人賞を受賞し「伴星集」同人に推挙された。また平成十七年には

第三回伴星賞を受賞され、同人Ｉ欄である「主星集」に一気に上り詰めたのである。

平成十九年には、故あって俳句を一時中断されたようである。ここではその背景に立ち入ることは避けるが、翌二十年、私が俳句雑誌「星雲」を創刊すると同時に創刊同人として参加され、翌二十一年には第一回「昴星賞」を受賞し、同人II欄の「天星集」となり、さらに平成二十五年には「天星賞」を受賞され今日に至っている。

この「星雲」でも短期間で筆頭同人欄の「極星集」に名を連ねたのは、竹内さんの俳句に対する情熱と努力、日々の精進は言うまでもないが、何よりも俳句における卓越した感性は見事の一語に尽きる。それは生得の資質にもあるのであろう。この第一句集は、初学より平成二十六年までの八百数十句の中から精選収録された一集である。

白 波 を た て 入 港 の 鰹 船

歳旦の満艦飾の漁業基地

日の丸が靡く船檣浦の春

糶待ちの湯気立ち昇る大鮪

濁声の次の鮪に糶移る

落札の鮪手鉤に引き摺らる

竹内さんのお住まいは焼津市にあり、昭和三十七年より平成十四年まで焼津市役所に長年勤められた。役所では税務、保健、年金、教育委員会、福祉、消防、水道局、出納室と歴任し、定年後も収入役から請われ、臨時職員として出納室の手伝いをされていたようである。

そんな竹内さんの作品の題材のひとつである、焼津漁港の鰹船や鮪の糶の様子を活写されたこれらの作品には、俳句の基本である「客観写生」「即物具象」を忠実に具現され、その句姿は硬質ではあるが端正で瑕瑾はどこにもない。これは山口誓子の孫弟子にも当たる竹内さんの作風であり、誓子師系である「星雲」の理念でもある「景情一如」「自然随順」を遺憾なく発揮されている。

一片も欠けることなし鰯雲

海王丸焼津港寄港

登檣礼喊声秋の天を衝く

うろこ雲船笛高く出航す

すなどりの沖の沖まで鰯雲

遠洋の基地全天に鱗雲

石花海の天に密なる鰯雲

落日の天くれなゐの鰯雲

焼津漁港は、全国でも有数の遠洋延縄鮪基地であり、鰹の一本釣りの漁港でもある。そんな地元の港の自然諷詠の作品を抽出した。本句集の表題句となった作品を含む「鱗雲」「鰯雲」の作品には、竹内さんが折々眺めている爽やかな港の自然観照の完成度が高く、情景の空間を雄渾に詠い上げている。

月明に峙つ黝き富士の山
雪の富士まさに日本の要なる
しろがねの富士にみなぎる淑気かな
大富士に棚引く紫雲大旦
東雲の大富士に満つ淑気かな
雪富士に笠雲懸かる大旦
寒夕焼燦々として紅の富士
雄麗に聳つ朝焼の富士の峰
大富士の凜然として冬に入る
暁光に映ゆる雪富士神々し

平成二十五年六月、富士山は「富士山――信仰の対象と芸術の源泉」

として世界文化遺産に登録された。日本最高峰の富士山は優美で泰然とした姿に、古来より日本人の誰もが鑽仰し憧憬する霊峰であり、富士山本宮浅間大社の御神体でもある。そんな優麗な富士山を日々眺められる焼津市に在住であれば、県外の俳句仲間のような物見遊山の作品ではなく、俳句の本質の一つでもある「挨拶性」、その本然を捉えた「存問」の作品を毎年鮮麗に詠われている。私は常々、作家の力量は「慶弔・贈答句」「新年詠」にある、と思っている。大自然のなかに己れの存在と森羅万象の生命との融合を求める竹内さんの、霊峰富士山への「挨拶」「存問」でもある自然諷詠の完成度は高い。その卓越した空間構成の力量に敬服するばかりである。

さて、この句集の平成十九年度が欠落していることは先に述べた。故あって一時俳句中断の時期があったようであるが、翌二十年、「星雲」が創刊し参加された折の〈春泥の吾が行く道に迷ひなし　平20〉の作品に接したときは、竹内さんの並々ならぬ覚悟と志が感知され、「星雲」

を主宰するにあたり責任の重大さを痛感した次第であった。

仏都なる蓮華八峰青高野
霊山の苔のみどりの瑞々し
高僧の法座高野の明易し
寒気凝る唱名絶えぬ奥の院
一宿の一飯坊の根深汁
景勝の浦を烟らす花の雨
伽藍より花の雲海見晴るかす
花の雲懸かりて美しき春日山
義経の弓掛松の緑立つ

「宇宙」時代にも、「星雲」に参加されてからも何度か高野山に来られている。創刊一周年祝賀会の春には、遠来の竹内さんと服部久美さんを私の地元である西国三十三ヶ所第二番札所の紀三井寺へ、またそこから一望できる万葉の海である和歌の浦の景勝を案内した。翌日は熊野古道である熊野九十九王子社のうちでも特に格式高い藤白（藤代）神社に立ち寄り、熊野街道と高野街道が交差する近くの春日神社を遠望した。また藤白神社から至近にある鈴木屋敷は、全国の鈴木姓の発祥の地と言われている。その邸内には源氏再興の折、義経もよく訪れた「義経弓掛松」があり、平安時代の様式で全国的にも珍しい「曲水泉式庭園」がある。そんな風光明媚な和歌山の乾坤を優美に詠う。

一湾に響く小春の婚の鐘
産声のひびく産棟明易し
健やかに育つみどり児聖五月
箸初の膳に一輪桃の花
年礼の孫《うまご》が双手拡げ来し

それまで勤めていた市役所を平成十四年に退職された年に、娘さんが結婚されその感動を詠う。現在はお孫さんが四人おられ、その成長ぶりに目を細め悠々自適のようである。

湿原の大夕焼に立ちつくす　（尾瀬）
凜として鎮もる雪の永平寺
風の盆果て天心の月円か
花吹雪息の詰まりしほど浴びる
ほんに美し花の都を去りがたし
花筏友禅流しの川にかな
夜桜を花火さながら仰ぎけり
紫は信濃の山の桐の花
曼珠沙華火の海となる巾着田
時雨雲ことに北山辺りかな
水澄むや民話の里の河童淵

月影のあまねき平安遷都かな
暮れ残る金泥の湖鳰の湖
炎天に爆裂火口顕にす　（磐梯山）

ここに抄出した作品は旅吟のほんの一部であるが、先に述べた高野山の作品や和歌山県内の作品は、ほとんど平成十四年に退職された後の作品ばかりである。勿論それまでにも旅行には何度か出掛けられていたようであるが、退職後は堰を切ったように吟行を重ね、各地を精力的に巡られたようである。なかでも「星雲」に作品を発表し始めた平成二十年より、幾度か訪ねた花の京都での一連の佳吟は集中の白眉であり、その俳境は著しい。

シリウスを誓子の魂として拝む
誓子忌に適ふ不動の雪の富士
曼珠沙華誓子の花と思ひけり

俳句の本道のひとつでもある写生、それは十七音という制約された言語空間のなかで、対象の表面をただ写生するだけでなく、その本質まで深く写生するか否かで作品の善し悪しが決まる。その点、誓子の孫弟子でもある竹内さんの根底にある徹底した客観写生と骨格の確かさは、「天狼」の誓子の俳句精神と「星雲」の標榜する精神を融合させた、物の実相に迫る深い観照が随所に鮮やかに投影されている。改めて一集を熟読して感じたことである。

これからも「星雲」会員の垂範として、益々本領を発揮されることを願い擱筆としたい。

平成二十八年　元旦

鳥井保和

句集　鱗雲◇目次

装丁　宿南　勇

句集

鱗雲

うろこぐも

星雲叢書第四篇

Ⅰ　稲の穂

平成八年～十二年

手話の子の独楽打つ瞳輝けり

巡礼が浴ぶ霊場の落花かな

送別の宴のあとの春惜しむ

愛犬も加へ法会の夏座敷

焼津神社「荒祭」二句

御神子《いちっこ》を煽ぐ警護の大団扇

大波のうねるごとくに荒神輿

黙々と蝶の翅曳く蟻の列

一夜にて目路の限りの秋出水

穴に入る青大将と目が合へり

蛇穴に入りたる後も腥し

神妙に祝詞を享くる受験生

讃美歌に涙ひとすぢ卒業す

田の神に一礼をして代田掻く

献上の赤米すべて手で植うる

赤米と言へど早苗は異ならず

山開き霧にケルンが雫せる

奥津城の蟻仏飯を授かれる

盆の海八雲の魂も漂へる

お標の花火が一つ地蔵盆

神棚に片目の達磨八雲の忌

逆縁の母を慰むつづれさせ

一叢の初穂が巫女に刈り取らる

しんがりを拍手でたたふ運動会

火祭の火の粉を浴びて恙なし

凩に風に又三郎のころ

百年を経し聖堂の大聖樹

白息が継ぐ駅伝の中継点

大どんど消防士ゐて熾んなる

涅槃図を垂らす本堂開け放ち

針供養一際太き畳針

澎湃と流る雪解の男川

鬼無里・奥裾花自然園

水芭蕉太古の海の底に咲く

遠目には休耕田も青田なる

潮騒に星の館の涼しかり

硫黄噴く賽の河原の石灼くる

グアム親善　三句

灼熱のアロハの知事に迎へらる

玉砕の地にスコールの洗礼受く

英霊は珊瑚の海に終戦日

秋出水たちまちにして海と化す
名月を映して海の平らなる

毒をもて可憐に咲ける鳥兜

鎌倉を歩く銀杏の黄落期

白菊の帆船菊の宝船

ひよつとこが背中で笑ふ酉の市

一夜明け更に白増す雪の嶺

満天の寒星粋を極めたり

ことに美し駿府の濠の花万朶

花吹雪享く観音の千手欲し

桜えび海の辺りに紅く干す

何はさて父母に参らす新茶かな

蜊蛄が鋏を翳しつつ退る

木の蔭に暫し身を置く金魚売

太陽に俯き向日葵らしからず

燈台の灯に導かる精霊舟

消ゆるまで父母の流燈見送れり

雲上の小屋にて仰ぐ星月夜

一片も欠けることなし鰯雲

秋暑し阿吽の雲の立ち上がる

瑠璃色の天をいただき稲を刈る

月明に峙つ黝き富士の山

雪の富士まさに日本の要なる

瑕瑾なく紅を極める落椿

山焼の火炎一気に這ひ上る

甘茶仏眼を開く遑なし

清明の空一片の雲もなし

金星の明を賜り蓮咲く

蓮咲きまさに寂光浄土なる

青蛙蓮の台に鎮座せる

みちのくの星の滴る露台かな

満天の星が輝く賢治の忌

萩すすき活けて蟾兎を奉る

稲の穂を噛んで豊作疑はず

藤枝市・朝比奈大龍勢花火大会　四句

天高し正に龍勢日和なる

龍勢の里を彩る竜田姫

大《おお》龍勢仰ぎ夜長を楽しめり

大龍勢果て天心の月仰ぐ

中尊寺「一字金輪仏頂尊」

開帳の秘仏に紅葉かつ散れる

深秋の「鉛」の温泉《おゆ》に立ちて入る

旅立ちの神に赤飯奉る

二百年経し曲家の大炉かな

曲家に今も生活の椙くべる

病棟に響く聖夜のハンドベル

II　神泉の鯉

平成十三年～十八年

調度にも葵のご紋姫の雛

大渦にもまれ転舵の観潮船

跪き水子に日傘さしかくる

潮鳴りも舟の軋みも夜の秋

幕間に星の流るる花火の夜

綺羅星は智恵子の泪夜半の秋

海王丸焼津港寄港

登檣礼喊声秋の天を衝く

神の留守とても神饌奉る

シリウスを誓子の魂として拝む

笹鳴のほか竹林は無音なる

しろがねの富士にみなぎる淑気かな

お鏡のずらりと並ぶ位牌堂

風紋は風の楽書寒砂丘

蒼天に光となりて鳥帰る

白波をたて入港の鰹船

苔茂る神杉御廟まで続く

仏都なる蓮華八峰青高野
霊山の苔のみどりの瑞々し

高僧の法座高野の明易し

尾瀬　三句

湿原の大夕焼に立ちつくす

満天の星より涼を賜れり

屹立の大雪渓と対峙せる

百の蟬啼く樹の下の百の穴

風倒の稲丹念に刈り上げる

停泊の巨大帆船秋高し

重文の松鄭重に手入れさる

神泉の鯉も紅葉も錦なる

八木斌月様令室・禮子様追悼

鴛鴦の鴦の一羽を見失ふ

一湾に響く小春の婚の鐘

寒天の大粒の星誓子星

合掌をときて羽搏く白こぶし
さきがけの螢が瑞の火を放つ

磐座に神のくちなはとぐろ巻く

蟻地獄右往左往の蟻がゐる

水蓮の花満開の弥陀の池

鳥肌を立てて高鳴く羽抜鳥

鎮魂の鐘の音響く終戦日

露の世の一会の瑞の星流る

瑠璃色の湖に色なき風渡る

柿田川冬も自噴を怠らず

満天の星を賜り初詣

大富士に棚引く紫雲大旦

咲分けの梅の匂ひの異ならず

掛花によし一輪の白椿

霊山の万霊が浴ぶ花吹雪

天水を賜る代田の段々田

浄闇の螢火の燦星の燦

舷に波止に船虫夥し

万緑の幽邃に建つ古塔かな

湧水の真砂噴き上ぐ木下闇

沖に出て仰ぐ海上大花火

大荒れに荒れて厄日となりにけり

うろこ雲船笛高く出航す

すなどりの沖の沖まで鰯雲

田の神の旅立ち幣が千切れ飛ぶ

歳旦の満艦飾の漁業基地

年礼の孫《うまご》が双手拡げ来し

誓子忌に適ふ不動の雪の富士

茅葺きの屋根にも芽吹き盛んなる

登校の百の銀輪風光る

額衝けば廻る水子の風車
風車風に水子の声がする

茶処の緑に優るみどりなし
したたりの一滴づつの光かな

大いなる虹の下にて漁れる
強力も行者も汗を滴らす

汚れなき嬰の眼のかく涼し

野馬追に出陣の駒嘶けり

野馬追の女子が捌く手綱かな

野馬追の天下御免の馬の糞

野馬追の荒武者駄馬に落とさるる

浄土へと送る二親の精霊舟

かぐや姫現れさうな良夜かな

大いなる湖へ釣瓶落しかな

遠山はさて燦々と雪の富士
おひねりが飛び交ふ舞台里神楽

永平寺へ分骨

考妣が在す深雪の永平寺

凜として鎮もる雪の永平寺

北国の宿夜通しの雪起し

葬送の黒衣に浴ぶる花吹雪

文机にますほの小貝新樹光

産声のひびく産棟明易し

健やかに育つみどり児聖五月

サーファーのなぶらのごとく群がれり

万緑の故山に確と化石の碑

Ⅲ　花の雲海

平成二十年〜二十二年

東雲の大富士に満つ淑気かな

日の丸が靡く船檣浦の春

剣客に気魄のこもる寒稽古

大柄杓海に傾け寒北斗

一陣に遅れ比翼の雁帰る

春泥の吾が行く道に迷ひなし

鎮もれる山河菜の花月夜かな

花吹雪息の詰まりしほど浴びる

太白の晶々として明易し

天地を映し滴る玉露かな

有明に魁の花蓮咲く
雲上に屹立富士の山開き

醜態をさらし高鳴く羽抜鳥

石花海《せのうみ》に漁火著き夜の秋

石花海＝駿河湾南西部にある好漁場

風の盆果て天心の月円か

遠洋の基地全天に鱗雲

天高し航跡ながく長く引く

燈台へ一條の道天高し

漁火の潤む石花海八雲の忌

炎立つごとくに万の曼珠沙華

青天に大炎上の曼珠沙華
曼珠沙華碧一色の虚空かな

掌に載る盆栽も紅葉せり

寒気凝る唱名絶えぬ奥の院

一宿の一飯坊の根深汁

雪富士に笠雲懸かる大旦

金泥の一湾に満つ淑気かな

大どんど火達磨となる厄達磨

碧天に映ゆ一本の野梅かな

料峭の風の澳なる白帆影

雛の間の愛しき嬰の寝息かな

寄せ返す真砂に光る桜貝

景勝の浦を烟らす花の雨

伽藍より花の雲海見晴るかす

花の雲懸かりて美しき春日山

義経の弓掛松の緑立つ

雪洞に灯が入り桜月夜かな

名刹の枝垂れ桜のことによし

万目の花幽艶の滝ざくら
ほんに美し花の都を去りがたし

ＳＬの汽笛に落花舞ひ上がる

花筏友禅流しの川にかな

菜の花の涯紺碧の海展く

萌えに萌ゆ八十八夜の大地かな

幾年の恪勤の道花は葉に

突出しに添ふ一輪の花山葵

落柿舎の別けて目映き柿若葉

開港に適ふ青富士峙てり

水垢離は富士の湧水山開き

山開き一切霧の中にかな

霧籠めの富士法螺貝の響きけり
たまゆらの風に蓮の散華かな

大富士の裾野に展く大花野

桜蝦干されし浜辺天高し

重文の幹に跨がり松手入

穏やかに鐘の音響く除夕かな

凛として寒九の床に畏まる

寒雷の檄に私心の叱咤され

断崖に牙向けて来る寒怒濤

こもごもの涙と思ふ涅槃雨

菩提寺の僧の晋山風光る

富士山静岡空港

竜天に昇るこれより離陸かな

流さるる雛の眼のやさしかり

茜射す美しき弥生の芙蓉峰

松籟や遠に気高き春の富士

百年を経し学舎の桜咲く

京都・泉涌寺

御園生に適ふ楊貴妃桜かな

京都・円山公園周辺　八句

時ならぬ雪の花見となりにけり

園丁の手塩に掛けし桜咲く
千年の命怺へし花を愛づ

夜桜の精に誘はれ花行脚
ぬばたまの今宵の桜ことに美し

夜桜を花火さながら仰ぎけり

かにかくに花の都の今が佳し

夕星やことに都の花の冷え

ひかりつつひとひらづつの落花かな

奔流に出て散りぢりの花筏

檣灯の朧に烟る碇泊船

浦風に漁火烟る朧かな

紫は信濃の山の桐の花

百幹の竹を揺るがす青嵐

天金の「紅絲」を開く多佳子の忌

田水張る眼下に美しき千枚田

神木の末《うれ》に揺れゐる蛇の衣

雲の峰聳つ大灘の潮境

参道の左右に青苔五輪塔

激つ瀬に燦爛として鮎走る

塩加減よろしき膳の鮎の宿

出水川稚魚も鯰も溢れ出る

山頂は霧に閉ざさる山開き

天嶮の大雪渓の窪をゆく
名瀑の落ちて瑠璃なす流れかな

堂の中まで真清水の明りかな

一碧の湖点睛のヨットの帆

逆縁の母が一途に門火焚く

新盆の灯火潤む一戸かな

臍餅を供へ童のお月見会

野火走るごとくに土手の曼珠沙華

曼珠沙華火の海となる巾着田

秋澄めり小江戸川越蔵の町

大花野千紫万紅晴れ渡る

時雨雲ことに北山辺りかな

激つ瀬に流転の落葉落葉かな

鴛鴦のことに美し鴛の羽

天地を真つ赤に染めて冬落暉

Ⅳ 漁火

平成二十三年〜二十六年

梵鐘の余韻閑かに年明くる

寒夕焼燦々として紅の富士

幻月の懸かり鎮もる春田かな

注連に太刀入れて御山の開かるる

今生れしばかりの蟬の濡れてゐし

殻脱ぎし蟬の眼の虚ろなる

神鈴の余響涼しき宮の杜

雄麗に聳つ朝焼の富士の峰

御来光剣ヶ峰より拝めり

帰省してすぐに祭の衆となる

渡御の道浄めの塩の盛られたる
神輿舁く浜の漢の筋骨が

神輿舁く血の滲みたる白装束

大前に還御の神輿なほも荒る

鎮座せる神輿の疵の生々し

溜池も乾ききつたる旱かな

翰音の空に月あり夏の暁

高きより清浄無垢の神の瀧

補陀落に千古不易の瀧響く

絶世の美女一鉢の月下美人

花弁にはなびらの影蓮咲く

真つ白もよし直立の曼珠沙華

蜘蛛の囲に懸かる真珠の露の玉

石花海の天に密なる鰯雲

爽やかに精舎の鐘の流れ来し

水澄むや民話の里の河童淵

大花野花天月地のごときかな

月影のあまねき平安遷都かな

三方の神饌にしだるる稲穂かな

長庚の空の彼方を雁渡る

大いなる湖落雁の夥し

これやこの天下の嶮の紅葉かな

時雨るるや奈良井の宿の早昏し

里山の落葉に埋もる祠かな

水天の雲を褥に浮寝鳥

暮れ残る金泥の湖鳰の湖

寒夕焼西方極楽浄土かな

正に旬口に蕩ける酢牡蠣佳し

強霜に光塗れの草木かな

天地の燦々として山笑ふ

雪解水もんどり打つて谿下る

菩提寺の大樹回向の紫木蓮

一部屋を占むる姉妹の雛かな

箸初の膳に一輪桃の花

放流の稚鮎の群の気勢かな

終夜聴きし蛙声も一昔

茶の新芽「一芯二葉」摘み取る

三州の一望千里麦の秋

万緑の蔭の被さる石畳

一筋の道漆黒の蟻の道

脱落の蟻の右往左往かな

一湾の海霧押し分けて船戻る

航空自衛隊静浜基地

夏空に紫電一閃戦闘機

夕凪の水面に美しき丹の社

細波が揺らす涼しき大社

月残る安芸の宮島明易し

落日の天くれなゐの鰯雲

明月に峨々の稜線浮き立てり

蹲踞に溢るるひかり星月夜
底抜けの空魁の雁渡る

大富士の凜然として冬に入る

鰹待ちの湯気立ち昇る大鮪

息白く濁声河岸に響きけり

濁声の次の鮪に躍移る

落札の鮪手鉤に引き摺らる

生きること大事と思ふ憂国忌

風花や仰げば空の晴れ渡り

月蝕の天寒星の犇ける

初富士の冠たる容姿神々し

初耀の気魄の籠る五十集《いさば》かな

天地に遍きひかり山笑ふ

雑草と言へど愛しき犬ふぐり

引鶴の助走を長く飛び立てり

ひかりつつ寄せ来る波や彼岸潮

落花浴び眠る双子のベビーカー

花守も五百羅漢も落花浴ぶ

薄霞墨絵のごとき島嶼かな

丁寧に久遠の松の緑摘む

心して摘む献上の茶の新芽

筍の菩薩のごとく在しけり

なだらかに見えて激しき大瀑布

名瀑のひかり降るごと飛沫きけり

磐梯山

炎天に爆裂火口顕にす

美しき虹の懸橋渡りたし

水天に映ゆ満天の星涼し

神留守の鏡台を占む蚤の市

夭逝の声とぞ思ふ虎落笛

漆黒の闇寒星の夥し

浄め砂撒かれし御諸淑気満つ

新玉の砂嘴より霊峰拝めり

百年の雅旧家の御殿雛
満開の花の天蓋化石の碑

白蝶を化石の化身とぞ思ふ

花吹雪浴ぶ金襴の渡御にかな

松原を舞台に三保の薪能

借景の富士を背に薪能

門火焚く母の背中の小さかり

漁火の沖より漁父の魂還る

天の川果ては漁火まで続く

曼珠沙華誓子の花と思ひけり

鳥兜毒もつ花と思はれず

紅葉山映して沼も粧へり

俳聖の誓子生誕文化の日

暁光に映ゆる雪富士神々し

句集　鱗雲　畢

あとがき

鳥井保和主宰のお膝下にてご指導を仰ぐことを只管待ち続けた甲斐あって、「星雲」創刊と同時に入会させて戴き、恩恵に浴することとなりました。

この度、拙いながら句集を編むことが出来ました。俳句作りも然ることながら、上梓するなど思ってもおりませんでした。私を知る旧き友人は嘸かし驚くことでしょう。

鳥井主宰には今日までご懇切にご指導を賜り、句集を編むに当り並々ならぬ労を担って戴きました。また表題、帯、身に余る序文を賜り衷心より御礼申し上げます。

初学よりご指導下さいました「宇宙」の島村正先生、「こがらし」の八木斌月先生、日頃ご指導を賜っております「浜木綿」の秋山青潮先生には心より感謝申し上げます。

ご厚情賜りました諸先輩、句友、また平素私を支え続けてくれた家族にも感謝の意を表したいと思います。

句集を編むに当りご尽力、ご高配戴きました「文學の森」の皆様に厚く御礼申し上げます。

平成二十八年一月

竹内正興

著者略歴

竹内正與（たけうち・まさよ）

昭和16年　静岡県生まれ
平成７年　「宇宙」（島村正主宰）入会
平成10年　「宇宙」第１回新人賞受賞・伴星集同人
平成17年　「宇宙」第３回伴星賞受賞・主星集同人
平成18年　「宇宙」退会
平成20年　「星雲」（鳥井保和主宰）創刊同人
平成21年　「星雲」第１回昴星賞受賞・天星集同人
平成26年　「星雲」第２回天星賞受賞・極星集同人

現　在　「星雲」極星集同人、俳人協会会員

現住所　〒425－0077
静岡県焼津市五ケ堀之内1337－2

句集　鱗《うろこ》雲《ぐも》

星雲叢書第四篇
発　行　平成二十八年四月十日
著　者　竹内正與
発行者　大山基利
発行所　株式会社　文學の森
〒一六九-〇〇七五
東京都新宿区高田馬場二-一-二　田島ビル八階
tel 03-5292-9188　fax 03-5292-9199
e-mail mori@bungak.com
ホームページ http://www.bungak.com
印刷・製本　竹田　登
©Masayo Takeuchi 2016, Printed in Japan
ISBN978-4-86438-515-2　C0092
落丁・乱丁本はお取替えいたします。